W9-ALN-210

El día que la boa de Jimmy se comió la ropa

TOPIC NUMBER ONE
CORN
NOTE: THERE WILL BE A QUIZ WHEN WE RETURN TO CLASS.
UNDERSTANDING CORN & POULTRY
CORN

El día que la boa de Jimmy se comió la ropa

Por TRINKA HAKES NOBLE

Ilustraciones de STEVEN KELLOGG

Traducción de Rita Guibert

Dial Books for Young Readers • Penguin Ediciones  Nueva York

Publicado por Dial Books for Young Readers/ Penguin Ediciones
Divisiones de Penguin Books USA Inc.
375 Hudson Street
Nueva York, Nueva York 10014

Diseño de Atha Tehon
Impreso en Hong Kong sobre papel libre de ácido
Primera edición en español
1 3 5 7 9 10 8 6 4 2

Library of Congress Cataloging in Publication Data
Noble, Trinka Hakes.
[Day Jimmy's boa ate the wash. Spanish]
El día que la boa de Jimmy se comió la ropa/por Trinka Hakes Noble;
ilustraciones de Steven Kellogg; traducción de Rita Guibert.
p. cm.
Summary: Jimmy's boa constrictor wreaks havoc on the class trip to a farm.
ISBN 0-8037-2035-1 (trade)
[1. Boa constrictors—Fiction. 2. Snakes as pets—Fiction.
3. Farms—Fiction. 4. Schools—Fiction.
5. Spanish language materials.] I. Kellogg, Steven, ill.
II. Guibert, Rita. III. Title. [PZ73.N58 1997]
[E]—dc20 96-36061 CIP AC

Las ilustraciones a todo color se hicieron con tinta, lápiz
y acuarela. Se hizo luego la selección de color y la reproducción
en rojo, azul, amarillo, y medios tonos de negro.

Edición en inglés disponible en Dial Books for Young Readers

Para Sandy y Randon,
mis mejores amigos
T.H.N.

Para Melanie y Tom,
con amor
S.K.

–¿Cómo fue la excursión escolar a la granja?

—¡Oh!... aburrida... nada emocionante... hasta que la vaca comenzó a llorar.

—¿Una vaca... llorando?

—Sí, claro, es que le cayó encima un fardo de heno.

—Pero un fardo de heno no se cae por sí sólo.

—Sí, se cae si un granjero lo choca con su tractor.
—¡Oh! ¡Vamos! un granjero no haría eso.

—Lo haría si estuviera muy ocupado gritándoles a los cerdos para que salgan de nuestro autobús escolar.

—¿Qué hacían los cerdos en el autobús?

—Se estaban comiendo nuestro almuerzo.

—¿Por qué se estaban comiendo sus almuerzos?
—Porque comenzamos a tirarnos el maíz de los cerdos y no tenían otra cosa para comer.

—Eso lo entiendo, pero ¿por qué se tiraban el maíz?

—Porque se nos acabaron los huevos.

—¿Se les acabaron los huevos? ¿Y por qué se tiraban los huevos?

—Por culpa de la boa constrictor.

—¡LA BOA CONSTRICTOR!

—Sí, la boa constrictor de Jimmy.

—¿Y qué hacía la boa constrictor de Jimmy en la granja?
—¡Oh! él la trajo para que conociera todos los animales de la granja, pero a los pollos no les gustó.

—¿Quieres decir que la llevó al gallinero?

—Sí, y los pollos comenzaron a cacarear y a volar por todas partes.

—Sigue, sigue. Y luego, ¿qué pasó?

—Bueno, una gallina se alborotó y puso un huevo que aterrizó sobre la cabeza de Juanita.

—¿Quién? ¿La gallina?

—No, el huevo. Se rompió, ¡pufff!, y le ensució todo el pelo.

—¿Y ella qué hizo?
—Se enojó porque pensó que se lo había tirado Tomás, y entonces le tiró uno a él.
—¿Y qué hizo Tomás?
—Se agachó rápidamente y el huevo fue a caer sobre la cara de Maria.

—Luego ella le tiró uno a Juanita, pero falló y golpeó a Jimmy, quien dejó caer la boa constrictor.

—Ya entiendo, y de buenas a primeras todos se estaban tirando huevos, ¿verdad?

—Sí, es verdad.

—Y cuando se acabaron los huevos, comenzaron a tirar el maíz de los cerdos, ¿verdad?

—Tienes razón, así fue.

—Bueno, ¿y cómo acabó todo eso?

—De repente oímos gritar a la mujer del granjero.

—¿Por qué gritaba?

—Nunca llegamos a saberlo, porque la Sra. Suarez nos hizo subir al autobús, y nos fuimos a toda prisa sin la boa constrictor.

—Apuesto a que Jimmy estaba muy triste porque dejó su mascota, la boa constrictor.

—No lo creo. Partimos con tanto apuro que uno de los cerdos se quedó en el autobús, así que ahora tiene un cerdito de mascota.

—Por cierto, parece que fue una excursión muy divertida.

—Supongo que sí, pero para quien le gusten las excursiones escolares a una granja.

GRAND PRIX

OUR
BOA